Coordinador de la colección: Daniel Goldin
Diseño: Joaquín Sierra, sobre una maqueta
original de Juan Arroyo
Diseño de portada: Joaquín Sierra
Dirección artística: Maurico Gómez Morín

A la orilla del viento...

Primera edición en inglés: 1992
Primera edición en español: 1995
Tercera reimpresión: 1998

Título original:
Rolf and Rosie

© 1992, Robert Swindells
Publicado por Andersen Press, Londres
ISBN 0-86264-366-X

ISBN 968-16-4721-1
Impreso en México

ROBERT SWINDELLS

ilustraciones de
Claudia Legnazzi

traducción de
Joaquín Diez-Canedo F.

Rolf y Rosi

FONDO DE CULTURA
ECONÓMICA

❖ ROLF era repartidor de leche, con lluvia o Sol, a las cuatro y media ya estaba vestido para comenzar su rondín.

Rosi tenía nueve años. Rolf era su papá. Casi todas las mañanas ella dormía profundamente cuando Rolf salía, pero durante las vacaciones y los fines de semana se levantaba para acompañarlo. Su mamá ya no vivía con ellos, así que Rolf y Rosi tenían que ver el uno por el otro.

En el verano todo salía a pedir de boca. A las cuatro y media ya clareaba y cantaban los pájaros, pero en invierno era espantoso. Hacía frío y estaba oscuro, llovía, helaba, o soplaba el viento. A veces, si nevaba durante la noche, había que quitar la nieve del camioncito repartidor antes de poderlo poner en movimiento. Tenían que conducir con mucho

cuidado, y las manos se les enfriaban con las botellas heladas, y la gente se quejaba de que la leche llegara tarde. Rosi odiaba el invierno. Le alegraba no tener que hacer la ronda todos los días, como Rolf.

Una tarde, cuando Rosi llegó de la escuela, Rolf le dijo:

—No puedo más, Rosi. Hoy tardé seis horas en hacer la ronda. Seis gélidas horas.

Era el mes de enero y una gruesa capa de nieve cubría el suelo.

—Me lo imagino —repuso Rosi—. A mí me entró nieve en las botas y se me mojaron los calcetines. Me voy a cambiar mientras pones el té. Nos sentiremos mejor después de una taza de té bien caliente.

—Tengo una idea mejor —dijo Rolf.

—¿Cuál? —preguntó Rosi.

—Qué te parecería marcharnos de aquí definitivamente. Vivir en un lugar donde siempre haga calor.

—¿Cómo?

—Vi un anuncio en el periódico. Un hombre vende una nave espacial.

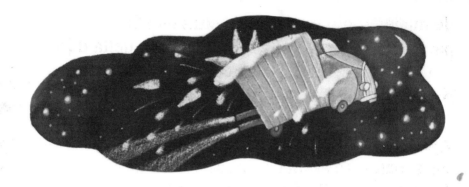

—¿Una nave espacial? —Rosi se quedó
mirando a su papá—. ¿Y para qué queremos
una nave espacial?

—Te lo acabo de decir: para irnos de aquí,
a donde siempre haga calor.

—Mmmm —dijo Rosi—. Me encantaría.
¿Sabes volar una nave espacial, papá?

—Por supuesto. Si uno sabe conducir un
camioncito de reparto, puede volar una nave
espacial —sonrió—. Ya sé. Voy a proponerle
a ese hombre un trueque. Su nave a cambio
de mi camioncito. Es un buen trato, ¿no te parece?

Así que Rolf se fue a ver al hombre e hicieron
el cambio. Era una nave espacial muy pequeñita
y la pintura estaba algo maltratada, pero era fácil

de manejar; dio un par de vueltas en ella
para acostumbrarse a los mandos. De vuelta dijo:

—Muy bien. Haz tu maleta, cariño.
Nos vamos.

Hicieron sus maletas, echaron llave a la casa
y se apretujaron en la nave. Sacudieron la nieve de
sus zapatos, se abrocharon los cinturones
de seguridad y Rolf cerró la escotilla.

—Adiós, Tierra —gritó—. Adiós, lluvia,
granizo, nieve y viento. Adiós, niebla y escarcha
y oscuridad. Adiós y hasta nunca.

Rosi se volvió a mirarlo

—¿A dónde vamos, pa?

—A Mercurio —repuso Rolf—. En Mercurio
siempre hace calor.

—¿No está demasiado cerca del Sol?
—preguntó Rosi.

En la escuela habían estudiado los planetas.

—¡No! —gritó Rolf—. Nada puede estar demasiado cerca del Sol. Estoy impaciente por llegar.

Conforme la nave se aproximaba a Mercurio, empezó a hacer cada vez más calor, tanto, que Rosi tuvo que quitarse su overol. Se asomó por la ventana. El Sol se veía como una gigantesca bola de fuego. Le dolían los ojos al mirarlo. Los entrecerró y descubrió un planeta pequeñito.

—¿Eso es Mercurio? —preguntó.

—Correcto, querida —Rolf sonreía—. Nuestro nuevo hogar.

La nave se posó en el planeta y Rolf abrió
la escotilla. Fue como abrir la puerta de un horno.
Una bocanada de aire caliente inundó la nave.

—¡Ah! —suspiró Rolf—. ¡Siente el calor,
Rosi!

—¿Calor? —gritó Rosi—. Esto no es caliente,
papá, esto es abrasador. ¿Estás seguro de querer
que nos quedemos aquí?

—Absolutamente —dijo Rolf.

Se pusieron sus trajes y salieron de la nave.
Afuera hacía aún más calor. Se encontraron sobre
una superficie negra, con aspecto vidrioso,
cruzada por numerosas grietas. Por doquier
se veían grandes piedras. Estaba oscuro.

—Muy bien —dijo Rolf—. Lo primero es
encontrar una casa. Después buscaremos un
empleo para mí y una escuela para ti.

Rosi miró en derredor.

—No veo ninguna casa —dijo—. Y no sé qué
empleo vas a conseguir aquí. Quizá en Mercurio
no necesiten repartidores de leche.

—Por supuesto que sí —rió Rolf—. En todos
lados se necesitan repartidores de leche.

Mientras Rolf hablaba, Rosi oyó pasos apresurados y una pequeña criatura se acercó corriendo. Cuando advirtió la presencia de los extranjeros se detuvo.

—Hola —saludó Rolf—. ¿Qué eres?

La criatura parecía una tortuga, pero no lo era. Para empezar corría demasiado aprisa, y además lo hacía sobre dos patas, como un humano.

—¿Yo? —repuso la criatura—. Soy un Corredor Solar. ¿y ustedes?

—Somos gente —repuso Rolf.

—Pues más vale que comiencen a correr —les dijo el Corredor Solar—, o pronto serán gente rostizada.

—No comprendo —clamó Rosi.

La criatura señaló.

—Miren.

Rosi se volvió. En el horizonte aparecía una franja color rojo fuego.

—Ya viene el Sol. Si se quedan aquí cuando despunte, estarán fritos. Corran. Corran conmigo.

—No podemos —repuso Rolf—. No con estos

estorbosos trajes. Además, yo estoy buscando
un empleo.

El Corredor Solar se le quedó mirando.

—¿Un empleo?

—Así es. Soy repartidor de leche.

—¿Qué es eso?

Rolf rió.

—¿Me estás diciendo que no sabes a qué
se dedica un repartidor de leche?

La criatura meneó la cabeza.

—No. Pero sí sé a qué se dedica el Sol,
y ya viene. ¡Adiós!

El Corredor Solar partió a toda carrera. Rosi
miró el cielo. La franja rojiza había crecido, ahora
era más brillante.

—¡Corre, papá! —gritó—. Volvamos a la nave.

Apenas llegaron a tiempo. El Sol despuntó
cuando Rolf cerraba de un golpe la escotilla.

Una luz cegadora inundó el paisaje
y una onda de calor abrasador
sacudió la nave. Cuando
despegaban, el suelo donde habían
estado se fundió; se convirtió en
un mar de vidrio hirviente. Rosi
apretó las mandíbulas y cerró los
ojos mientras la minúscula nave
ganaba altura. Si fallaba el motor,
estarían perdidos.

No falló. Poco a poco la
navecilla escapó del campo
gravitacional de Mercurio. Rolf fijó
un nuevo rumbo, apagó el motor
y quedaron en caída libre, viajando
silenciosamente por el espacio
oscuro. Cuando se hubo refrescado
un poco, Rosi dijo:

—Me alegra que no seamos
Corredores Solares, pa.

—A mí también —asintió Rolf—.
Ni siquiera saben lo que es un
repartidor de leche.

—¿Nos volvemos a casa, entonces?

—No. Vamos en dirección a Venus.

—¿Por qué a Venus?

—Porque está más cerca del Sol que la Tierra, pero no tanto como Mercurio. Calculo que debe estar en el punto justo.

Así que Rolf y Rosi llegaron a Venus. Ahí no se asaban como en Mercurio, pero hacía mucho calor. Además, el cielo estaba cubierto de nubes, lo cual lo hacía un poco sombrío.

—Manos a la obra —dijo Rolf—: Una casa, una escuela y un empleo.

—Pero aquí no hay nada —protestó Rosi—.
No hay más que árboles azules y musgo húmedo
y hongos de tres metros de altura.

—Es que bajamos en el campo —dijo Rolf—.
Si nos vamos por... eh... por aquí, al cabo de un
rato encontraremos una ciudad. Anda.

Se pusieron en marcha, caminando con
dificultad sobre el musgo húmedo. Rosi no dejaba
de mirar hacia atrás. Le preocupaba que luego no
pudieran encontrar la nave. Se lo dijo a Rolf
y él repuso:

—Ni falta que hace, cariño. Hemos venido
a quedarnos.

Pero luego de andar una hora sin encontrar
una sola construcción, se detuvo.

—Necesitamos preguntarle a alguien
—dijo—. ¿Ves a alguien por aquí, Rosi?

—No creo que nadie viva en Venus —repuso
ella.

Pero se equivocaba, porque en ese preciso
momento oyeron un ruido como de chapuzón, y
algo parecido a una enorme rana azul apareció
dando saltos entre los árboles.

—Hola —saludó Rolf—. ¿Por aquí llegaremos a la ciudad?

La rana se detuvo y se le quedó mirando.

—Eres un objeto muy extraño —le dijo—. ¿Eres algún experimento?

—¡Ni hablar! —replicó Rolf—. Soy un terrícola, y Rosi es mi hija.

La rana se volvió a mirar a Rosi.

—Tu renacuajo, querrás decir. Curioso renacuajo el tuyo. Sin cola.

Miró de nuevo a Rolf.

—No. Por aquí no llegarán a la ciudad.

—¡Ah!, vamos. ¿Por dónde tenemos que ir entonces?

—Da igual —dijo la rana—. Pueden ir por donde prefieran.

—No comprendo. Tiene que haber una dirección correcta, ¿no?

—No.

—¿Por qué no?

—Porque no hay ninguna ciudad, señor monstruo.

—¡Fantástico! —le espetó Rolf—. Mil gracias.

Nunca antes lo habían llamado monstruo.

—No hay de qué —dijo la rana—. Si lo que buscan son ciudades, ¿por qué no regresan a la Tierra?

—¡No vamos a regresar! —gritó Rolf—. Hace demasiado frío y nunca para de llover.

—¿De qué está hecha la lluvia? —preguntó la rana.

—De agua, bobo —dijo Rolf burlándose—. ¿Qué llueve aquí? ¿Salchichas?

—Ácido —repuso la rana.

Rolf se quedó perplejo.

—¿Ácido? ¿Llueve ácido?

—Así es. —La rana miró las nubes—. Y a juzgar por el cielo, no tarda en llover.

Rosi y Rolf intercambiaron miradas.

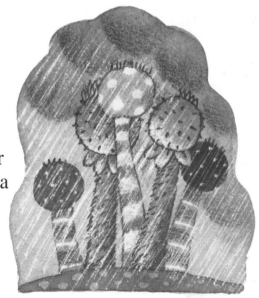

—¿Volvemos a la nave? —preguntó él.

—Tan pronto como quieras —repuso Rosi.

—Marte —dijo Rolf cuando estuvieron a salvo, de vuelta en el espacio—. Es el lugar. No es sofocante ni demasiado frío, y jamás llueve.

—También podríamos volver a casa —sugirió Rosi.

—Nuestra casa —le aclaró Rolf—, es Marte.

Marte era rojo. Suelo rojo, montañas rojas, cielos rosados. Nubes de polvo cruzaban el paisaje desolado, impelidas por un fuerte viento.

—Tenía que tocarnos llegar en medio de un temporal —gruñó Rolf.

—Siempre es así —se oyó una voz tras ellos.

Se volvieron para toparse con una criatura semejante a un conejo, con orejas extraordinariamente largas.

—Hola —lo saludó sonriente Rosi—. ¿Quién eres tú?

—Soy un Jinete del Viento —respondió la criatura—. Extiendo mis alas y cabalgo en el viento. Mira.

Desenrolló sus enormes orejas que se hincharon con el viento y lo levantaron del suelo. Describió un círculo cerrado y volvió a posarse en el mismo lugar.

—¿Y qué haces cuando no sopla el viento? —le preguntó Rolf.

—Siempre lo hay —repuso el Jinete del Viento—. ¿Allá de donde ustedes vienen no hay?

—Sí —dijo Rolf—. A veces. Pero no como éste. No se levanta tanto polvo.

El Jinete del Viento asintió.

—Debe ser bonito. Y ¿han venido a vivir aquí en Marte?

—Pues, la verdad, no sé —repuso Rolf—. Vinimos aquí porque no nos gusta pasar demasiado calor ni demasiado frío, pero este viento yo no lo soporto. ¿Seguro que nunca amaina?

—Jamás —dijo el Jinete del Viento—. Podrían probar en Júpiter. Allí no hace mucho calor ni tampoco hay viento todo el tiempo.

—Pero hará un poco de frío, ¿no? —preguntó Rolf.

—La verdad, sí —admitió el Jinete del Viento—. Pero no es posible tenerlo todo, ¿o sí?

Rosi pensó que tal vez sí era posible, y creía también saber dónde, pero permaneció callada. Era inútil discutir con Rolf cuando se le metía una idea en la cabeza.

El viaje a Júpiter era muy largo. Rosi se entretuvo contando estrellas. Cuando llegó al millón se quedó dormida y soñó que estaba de vuelta en casa. Fue un sueño feliz.

Despertó al oír a Rolf: —¡Uuuhy!,

La nave dio un viraje tan brusco que ella se fue
de lado y se golpeó la oreja contra la ventanilla.

—¿Qué pasa? —dijo, sobándose.

—¡Mira! —chilló Rolf—: millones de rocas
a mil kilómetros por hora.

Rosi se asomó. Era cierto. Parecía que todo
el espacio estaba lleno de rocas enormes
que se les venían encima, girando, zumbando
y dando tumbos al acercarse.

—¡Aaay! —gritó Rosi—. Si uno de ésos
nos golpea, pa, estamos perdidos. Son asteroides.

—¿Aster... qué? —masculló Rolf, maniobrando la nave en un violento coletazo.

—Asteroides —balbuceó Rosi—. Entre Marte y Júpiter hay un cinturón de asteroides. Lo vimos en la escuela pero olvidé mencionarlo.

—Ojalá y lo hubieras hecho —gritó Rolf—. Habríamos tomado otra ruta.

—No hay otra —aclaró Rosi—. Si viajas de Marte a Júpiter tienes que atravesar el cinturón de asteroides.

—Si no tomamos precauciones será el cinturón de asteroides el que nos atraviese —replicó Rolf—. Tú vigila por aquel lado y grítame si ves que uno de ésos se acerca.

Fue media hora de ajetreo. El cielo estaba atestado de rocas que pasaban a toda velocidad, unas más pequeñas y otras gigantescas. Rosi gritaba una y otra vez, mientras Rolf hacía girar la navecilla de aquí para allá tratando de evitar una colisión. Rosi sentía la garganta desgarrada y el sudor perlaba la frente de Rolf, pero no podían distraerse ni un segundo. Los propulsores brillaban intensamente, mientras la nave zigzagueaba a través del firmamento a toda velocidad.

Justo cuando Rosi sintió que no podía gritar más, la granizada de rocas comenzó a menguar y también las advertencias. Rolf pudo soltar una mano del timón y pasarse el pañuelo por el rostro. Se veía pasar una que otra roca, pero ninguna cerca y de pronto no había más.

—Creo que lo logramos —dijo Rosi, desplomándose en el asiento.

—Gracias al cielo —suspiró Rolf—. No habría podido aguantar mucho tiempo más.

Se relajaron. Al menos por el momento, el peligro había pasado. Rosi se mantuvo vigilante mientras Rolf dormía, y la navecilla prosiguió su vuelo.

—Papá. ¡Ey!, papá.

—¿Eh? ¿Qué pasa? —Rolf se talló los ojos y bostezó—. ¿Me quedé dormido?

—Vaya si te quedaste dormido. Asómate por la ventana. Ya casi llegamos.

Rolf se asomó y se le cortó el aliento. Júpiter

era inmenso. Llenaba casi la totalidad del cielo
y sus colores eran preciosos. Espirales y franjas
rojas, verdes, rosas y violeta cubrían el enorme
planeta. Rosi sonrió.

—Hermoso lugar, ¿no crees?

Rolf asintió.

—Creo que es justo lo que buscamos.

La nave descendía atravesando capas de nubes
multicolores.

—Es como
un helado —rió
Rosi—. Fresa,
limón, lima,
vainilla. Mejor
que esa
aburrida cosa
gris que hay en
la Tierra.

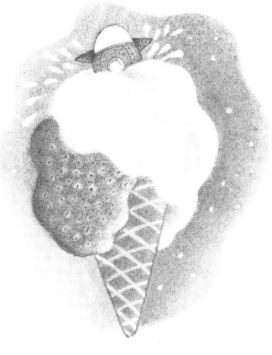

Cuando se
posaron en el
suelo, la lluvia
martilleaba las
ventanillas.

—¿Será ácido? —preguntó Rosi
en un susurro.

Rolf negó con la cabeza.

—Si lo fuera habría derretido la nave. Es agua,
pero más vale que nos quedemos dentro hasta que
escampe.

La lluvia tamborileaba en la nave y escurría
por las ventanillas, impidiendo ver qué había
afuera. De cuando en cuando un relámpago
brillaba, seguido de un fragoroso trueno.

—¡Qué suerte la nuestra! —gimió Rolf—.
Hemos llegado en plena tormenta.

La lluvia no amainó. Llovía sin parar. Pasado
un largo rato Rosi dijo:

—Estoy harta de estar aquí embutida,
papá. Me siento acalambrada. Tengo que estirar
las piernas.

—Muy bien. Salgamos pues —propuso Rolf—.
Nuestros trajes nos mantendrán secos.

Hacía poco viento fuera, pero los truenos eran
ensordecedores y la lluvia caía tan fuerte que Rosi
estuvo a punto de sumirse en el lodo. Estaban ahí,
en medio de un charco, tratando de ver algo

a través del diluvio, cuando descubrieron una hilera de criaturas con grandes paraguas verdes que se aproximaba hacia ellos.

—Buenos días —dijo Rolf, aunque hasta donde él sabía podía muy bien ser medianoche—. ¿Quiénes son ustedes?

—Somos los Andatormentas —dijo el más alto de ellos, que era algo más bajito que Rosi—. Nos abrimos paso entre la tormenta. Mi nombre es Mac. Mac Plas. Soy el jefe.

—Y cuando pare la tormenta —preguntó Rosi—, ¿qué van a hacer?

—¿Cuando pare? —rió Mac—. Esta tormenta lleva ciento cincuenta mil años y puede durar un millón de años más. ¿Qué no hay tormentas donde ustedes viven?

—Pues sí —admitió Rosi—. Duran como media hora.

—¿Media hora? —chilló Mac—. ¿Oyeron eso, compañeros? Media hora.

Los Andatormentas se carcajearon, retorciéndose con todo y sus paraguas.

—¿Y qué sucede después? —preguntó Mac.

—Pues el cielo se despeja —le explicó Rosi—. Y luego sale el Sol y seca los charcos.

—Humm —la sonrisa de Mac se borró y su expresión se tornó pensativa—. Debe ser bonito. ¿Y por qué entonces están aquí parados bajo la lluvia? Digo: yo, en su lugar, ya llevaría recorrido la mitad del camino de vuelta a casa.

Rosi estaba a punto de intervenir cuando Rolf intervino.

—Perdone, ¿dónde puedo conseguir una taza de café por aquí?

Mac lo miraba incrédulo.

—¿Una taza de qué?

—Café —repitió Rolf—. Es una bebida hecha de granos.

—Una bebida hecha de... Ah, ja, ja, ja. ¡Ja, ja, ja, ja, ja, ja! ¡Jiií, ja, ja, ja, ja, ja!

—Té, entonces.

Rolf habló cortante porque la risa de Mac lo estaba enfureciendo.

—Té —barboteó Mac—. ¿Y eso con qué se hace? ¿Con cacahuates?

Aulló de risa y los demás Andatormentas lo secundaron, tratando de no caer en el lodo.

—Se hace con hojas —dijo Rolf muy digno—. Y se les vierte agua encima.

—¿Ah, sí? —Mac se enjugó las lágrimas y extendió un brazo—. Allá. —Gritó—. Allá hay árboles, por millones, y todos tienen hojas.

Y el cielo vierte agua todo el tiempo sobre esas
hojas. ¿Por qué entonces, me gustaría saber,
no estamos nadando en té?

Rolf decidió no hacerle caso.

—Se vierte agua en las hojas, y cuando
la infusión está lista, se le añade leche. La leche
proviene de las vacas.

Mac se quedó viendo a Rolf con expresión
incrédula.

—Está bromeando, ¿verdad?

—No —Rolf negó con la cabeza.

—Vacas. ¿Ustedes beben algo que sale de las
vacas?

—Pues sí —repuso Rolf—. Pero no es tan
desagradable como... Bueh. ¿Para qué discutir?
Tenemos que alejarnos de esta lluvia.

—Plutón —dijo Mac—. Es el lugar que estás
buscando, amigo. No hay tormentas en Plutón. No
hay relámpagos, ni truenos ni lluvia —rió—. Tal
vez hasta encuentres un poco de, ¿cómo lo
llamaste?, ¿café?

—Me parece magnífico —repuso Rolf—.
Gracias.

— La lluvia envolvía todo en neblina, así que tardaron mucho en dar con la nave. Pero finalmente la encontraron y se alegraron de poder librarse de tanto lodo. Se despojaron de sus trajes espaciales, empapados y salpicados de lodo, y los colgaron para que escurrieran.

—Es como si volviéramos de repartir leche en una mañana muy húmeda —dijo Rolf mientras cerraba la escotilla.

—Sí —repuso Rosi—. Sólo que no tenemos una chimenea acogedora ni un tazón de café caliente para rodearlo con las manos. —Se acordaba del sueño que había tenido durante el viaje y eso la ponía triste.

—No te preocupes —la animó Rolf—. Llegando a Plutón encontraremos todo lo que nos haga falta.

Rosi tuvo ganas de recordarle que lo mismo había dicho de Mercurio, Venus, Marte y Júpiter, pero no lo hizo.

El viaje hasta Plutón era el más largo de los que hasta ahora habían emprendido. A mitad del

camino Rosi se volvió buscando al Sol,
pero sólo vio estrellas.

—Oye, pa —dijo—, desapareció el Sol.

—No, cómo crees —repuso él—. Es una
de esas estrellas.

—Pero es muy pequeñito —replicó ella—.
Me parece que en Plutón va a estar muy oscuro
y terriblemente frío.

Así era. Aun antes de bajar uno se podía dar
cuenta. Todo alrededor era azul y blanco. No había
mares, ni lagos ni ríos ni árboles ni pasto. El cielo
era casi tan negro como el propio espacio.

—Plutón es una bola de nieve o de hielo —dijo
Rosi—. Eso es: una fría y gigantesca bola de hielo.

—No te precipites —le aconsejó Rolf—.
Aún no hemos bajado.

La nave descendió, tocó el suelo y patinó
como diez kilómetros antes de que Rolf
consiguiera detenerla.

—Al salir, fíjate dónde pisas —advirtió—:
puede estar muy resbaloso.

—Creo que no tengo ganas de bajar —repuso
Rosi—. Ve tú. Yo me quedo a bordo a hacer
la limpieza.

—¡Anda, vamos! —Rolf estaba medio
metido en su traje—. Es muy hermoso, Rosi.
Mira qué cielo.

Rosi suspiró y se asomó. La vista era
espectacular. Vistosos abanicos de vapor verde
y rojo vagaban por un cielo azul índigo incrustado
con estrellas brillantes. El suelo nevado destellaba
y la luz de las estrellas se reflejaba en las
montañas lejanas. Rosi suspiró de nuevo
y alcanzó su traje. No estaba pensando en la luz
estelar o en los cielos hermosos. Pensaba en una
chimenea a billones de kilómetros de distancia,
con dos cómodas butacas y una jarra de té
caliente, una pila de panes tostados y untados
con mantequilla y algo bueno que ver en la tele.

Afuera no soplaba el viento ni llovía.
Hacía demasiado frío para que lloviera. La nieve
crujía bajo las botas y había
grandes planchas de hielo
donde tenían que caminar
muy despacio y con los
brazos extendidos para no
resbalar. El suelo era llano,

y el aire diáfano como el cristal, así que al menos no había modo de extraviarse.

Habrían caminado un par de kilómetros cuando vieron un ser con forma de erizo. Este erizo tenía un pelaje blanco en lugar de espinas y era del tamaño de un cerdo.

—¡Bienvenidos! —saludó con voz tripluda—. ¿Buscan algo?

—Sí —repuso Rolf—. Buscamos un McDonald's. Mi hija, aquí presente, está muerta de hambre y yo desfallezco por una hamburguesa con queso.

—Cuánto lo siento —el ser meneó la cabeza—. Aquí en Plutón no tenemos McDonald's. Preferimos platillos como frihamburguesas y hojuelas de escarcha o salchichas frías, y en McDonald's no los hacen. Por cierto, yo soy un Rodahielo. Me enrosco como una bolita y ruedo por el hielo. ¿Ustedes también?

—De ninguna manera —repuso cortante Rolf—. Venimos de la Tierra.

—¿Y no hay hielo en la Tierra? —preguntó el Rodahielo.

—De vez en cuando —repuso Rolf—. En invierno. Pero también tenemos McDonald's, y pizzas y todos los restoranes chinos que quieras. Puedes conseguir un bocado caliente y una taza de café prácticamente en cualquier lugar de la Tierra.

Rosi quería interrumpir para decir que aquello no era del todo cierto. Que había lugares en la Tierra donde la gente no tenía casi qué comer, pero no lo hizo. Extrañaba su casa, y si Rolf empezaba a pensar en volver no sería ella quien lo disuadiera recordándole cosas desagradables, pero reales.

—Hmmm —dijo el Rodahielo—. Eso de la Tierra suena demasiado bello para ser realidad. No me disgustaría visitarla.

—No —suspiró Rolf, quien sentía los pies como dos bloques de hielo—. A mí tampoco.

A Rosi le dio un vuelco el corazón.

El Rodahielo se quedó viendo a Rolf con mirada divertida.

—Pero tú sí puedes, ¿no es cierto? ¿No es ésa tu nave?

Rolf se volvió a mirar su nave y asintió.

—Efectivamente, es la nuestra. Hemos ido a todas partes en ella. A Mercurio, a Venus, a Marte, a Júpiter y aquí estamos ahora, en Plutón. Ninguno es acogedor, y Plutón es el peor de todos.

Se volvió a mirar a Rosi.

—Oye, Rosi, ¿qué te parece si nos volvemos a casa, eh? ¿Intentamos una vez más vivir en la Tierra?

—Creí que nunca lo propondrías —repuso Rosi. Sonrió y encaró al Rodahielo—. Podríamos apretujarnos los tres, si en verdad quieres venir.

El Rodahielo sacudió la cabeza.

—No, gracias. Estoy acostumbrado al frío, y en cualquier caso éste es mi hogar. No hay mejor lugar que la propia casa, ¿no crees?

—Sí —dijo Rosi en un murmullo—. Sí que lo creo.

El largo viaje de regreso fue muy tedioso, pero Rosi estaba tan contenta que poco le importó. Volvieron a atravesar el cinturón de asteroides y fue muy emocionante, pero esta vez estaban preparados y no tuvieron mayores contratiempos. Más tarde, en algún punto entre Marte y la Tierra, la nave se descompuso.

Rosi llevaba los controles. Podía ver la Tierra por la ventanilla. Ya no se veía como una estrella. Ahora era una pelotita, lo cual quería decir que estaban por llegar a casa. Rolf dijo:

—En un minuto tendremos que hacer una pequeña corrección en el rumbo, Rosi, o nos pasaremos de largo. Prepárate.

Rosi inició el conteo, al llegar a cero pulsó el botón para encender el motor de maniobra. Nada ocurrió. Lo pulsó de nuevo… Nada. Miró a Rolf.

—Estamos en aprietos.

—Ajá —Rolf buscaba algo en su cartera.

—¿Qué buscas, papá?

—Mi tarjeta del Real Club de Automóviles —repuso Rolf—. Soy miembro, ¿no lo sabías?

—Sí, lo sé. —Rosi asintió—: Cuando se descompuso el camioncito repartidor el pasado invierno, los llamaste y enviaron un mecánico a repararlo.

—Así es. Y ahora nos averiamos otra vez, así que voy a llamarles y mandarán a alguien en un santiamén.

—El RCA no funciona en el espacio —objetó Rosi—. Y como quiera, ¿dónde vas a encontrar un teléfono?

—Allí —repuso Rolf.

Rosi miró en la dirección que él señalaba. No muy lejos flotaba un pedrusco. Era un pequeño asteroide, sólo que éste permanecía inmóvil, y adosada a él había una caseta de teléfono. Era azul y en ella podían leerse en grandes caracteres las iniciales RCA.

—No lo puedo creer —dijo Rosi.

Rolf se puso el traje, abrió la escotilla, emprendió una caminata espacial hasta la caseta y tomó el auricular.

—¿Hola?

—¿Dónde se encuentra usted? —respondió una voz. Había algo de estática en la línea.

—No lo sé con precisión —repuso Rolf—. En algún punto entre la Tierra y Marte.

—¿Qué número tiene su teléfono? —preguntó la voz.

—Veintiséis —dijo Rolf.

—Correcto. No se mueva de allí. Llegaré en una hora.

Rolf regresó a la nave.

—Dice que estará aquí en una hora.

—No lo puedo creer —repitió Rosi.

Esperaron. Una hora es mucho tiempo cuando se espera a alguien, pero de pronto vieron algo que se movía.

—Ya viene —dijo Rolf sonriendo—. Qué bueno que me afilié al RCA.

Era una nave azul pequeñita que tiraba de un remolque alargado.

—Allí debe traer sus cosas —dijo Rolf.

La nave se les emparejó y el hombre los interrogó. Su rostro era azul.

—¿Dónde se lo dejo?

—¿Dónde nos deja qué? —preguntó Rolf.

—Su cocodrilo.

—¿Cocodrilo? No quiero un cocodrilo. Llamé al RCA.

—Correcto —repuso el hombre—. RCA: Rente Cocodrilos Automáticamente. ¿Dónde se lo dejo?

—Escuche —dijo Rolf pacientemente—: No necesitamos un cocodrilo, ¿me entiende? Tenemos una avería y requerimos un mecánico.

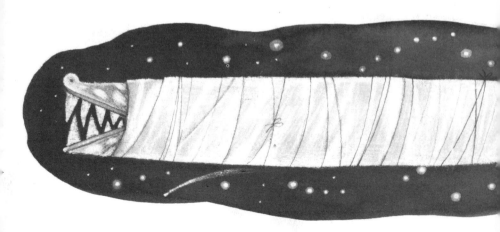

—La mecánica no es mi negocio, sólo los cocodrilos.

—¿Y para qué podría servir un cocodrilo en este lugar? —Rolf comenzaba a hartarse.

—Tiene muchos usos —replicó el hombre—. Puede comerse a las personas que usted odia, o puede usted jugar a que es Tarzán y luchar contra él, mientras su niña le toma unas fotos, o puede montarlo. No le cuesta más que diez libras y se lo queda una semana.

—¡No me interesa su tonto cocodrilo! —gritó Rolf—. Escúcheme: ¿sabe reparar cohetes inútiles?

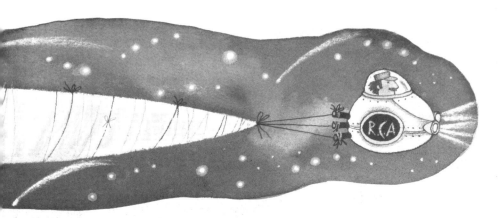

—A veces —dijo el hombre.

—Muy bien. Hagamos un trato —propuso Rolf—. Usted arregla nuestro motor, yo le daré veinte libras, y puede quedarse con su cocodrilo. ¿Qué le parece?

El hombre dijo que le parecía bien, puso manos a la obra y reparó el motor, lo que le tomó solo cinco minutos.

—No tenía gran cosa —dijo—. Un pedacito de asteroide atorado en el conducto de la gasolina.

Rolf dio las gracias al hombre y le pagó.

—¿Está usted seguro de que no quiere el cocodrilo? —insistió.

—Absolutamente seguro —repuso Rolf.

El hombre guardó las veinte libras y partió. Rolf y Rosi prosiguieron su vuelo hacia la Tierra.

—¡Hola, Tierra! —gritó Rolf cuando entraron en órbita—. ¡Hola, lluvia, granizo, viento, niebla y escarcha!

—¡Hola, mar! —cantó Rosi—. ¡Hola bosque, pradera, ciudad, arroyuelo! ¡Hola, McDonald's!

Y sus ojos no se daban abasto mientras la nave atravesaba las nubes blancas y esponjosas.

Y así llegaron a casa. Rolf vendió la nave
y compró un camioncito repartidor, y Rosi volvió
a la escuela y escribió acerca de los lugares
que había visitado. Nadie le creyó, pero a ella
le importó muy poco.

Rolf volvió a su rondín. Cuando hacía calor
y los clientes se quejaban de que el Sol había
agriado la leche, no se molestaba. Recordaba
entonces al helado Plutón, se quitaba la camisa
y el pantalón, y en calzoncillos corría de un lado
a otro por las aceras, muerto de risa. Cuando llovía
pensaba en el seco y polvoso Marte y entonces
se metía cantando a chapotear en los charcos
más grandes. Cuando caía una helada recordaba

el amanecer en Mercurio, y cuando había nevado
rodaba en la nieve, pataleando. La gente pensaba
que se le había zafado un tornillo, pero a él
le importaba muy poco.

Un día, cuando Rolf llegó a casa empapado
y tiritando, Rosi le preguntó si le gustaría mudarse
de nuevo. Él sonrió y sacudió la cabeza.

—Por nada en este mundo partiría de nuevo
—dijo—. Por nada en este mundo. ❖

Este libro se terminó de imprimir y encuader-
nar en el mes de noviembre de 1998 en Im-
presora y Encuadernadora Progreso, S. A. de
C. V. (IEPSA), Calz. de San Lorenzo, 244; 09830
México, D. F. Se tiraron 7 000 ejemplares.